JN107495

WATARU NAGAI

gendaitankasha

空間における殺人の再現

永井亘

目次

月の消滅　after the moonlight

ひそやかなざわめきが到着したらやさしい宇宙から降りてきた

メリーゴーランドは破綻した馬を雇い不自然だがどこか微笑ましい

氷の冷たさを取り込んでデパートを歩いてみて華やかな曜日でしょう

どんなに長く雲の中を歩いても雷に打たれないのは運命だからかな

落書きであふれた廊下を「どうだ？」って逃げ回るのはユーモアだ

RQUEO
12:00
PARQUEO
R.11
CIERRO
ABRO

サーフィンの夜

眼差しに崩れる波の意識から骨格だけで泳ぎ続けた

したがって皮肉は生じたが浅瀬へと歩いても構いませんよ

目の奥をリモコンでザッピングして続いては降雨を笑わせた

急に降る雨にわたしがゾンビだと告白すれば佇むなんて

なだらかな波を待つ戸惑いをタンバリンでも表現できる

まぶしさで浮き輪が消える快楽を青い青いと忘れるのかな

あと少し疑うだけでつま先を踵のようにきもだめしへと

夕凪をサーフボードでさまよえば陸は近づくマグマのように

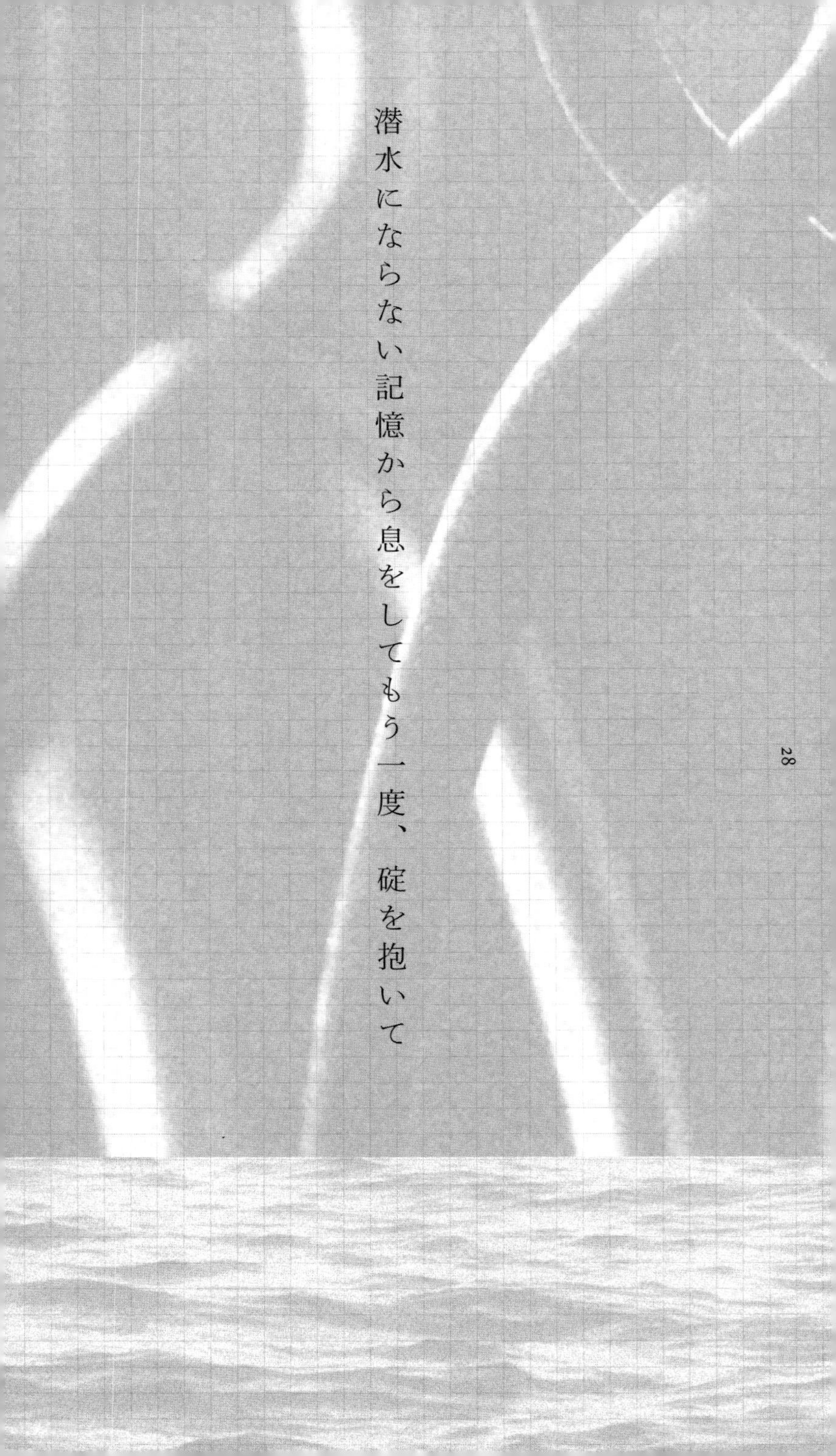

潜水にならない記憶から息をしてもう一度、碇を抱いて

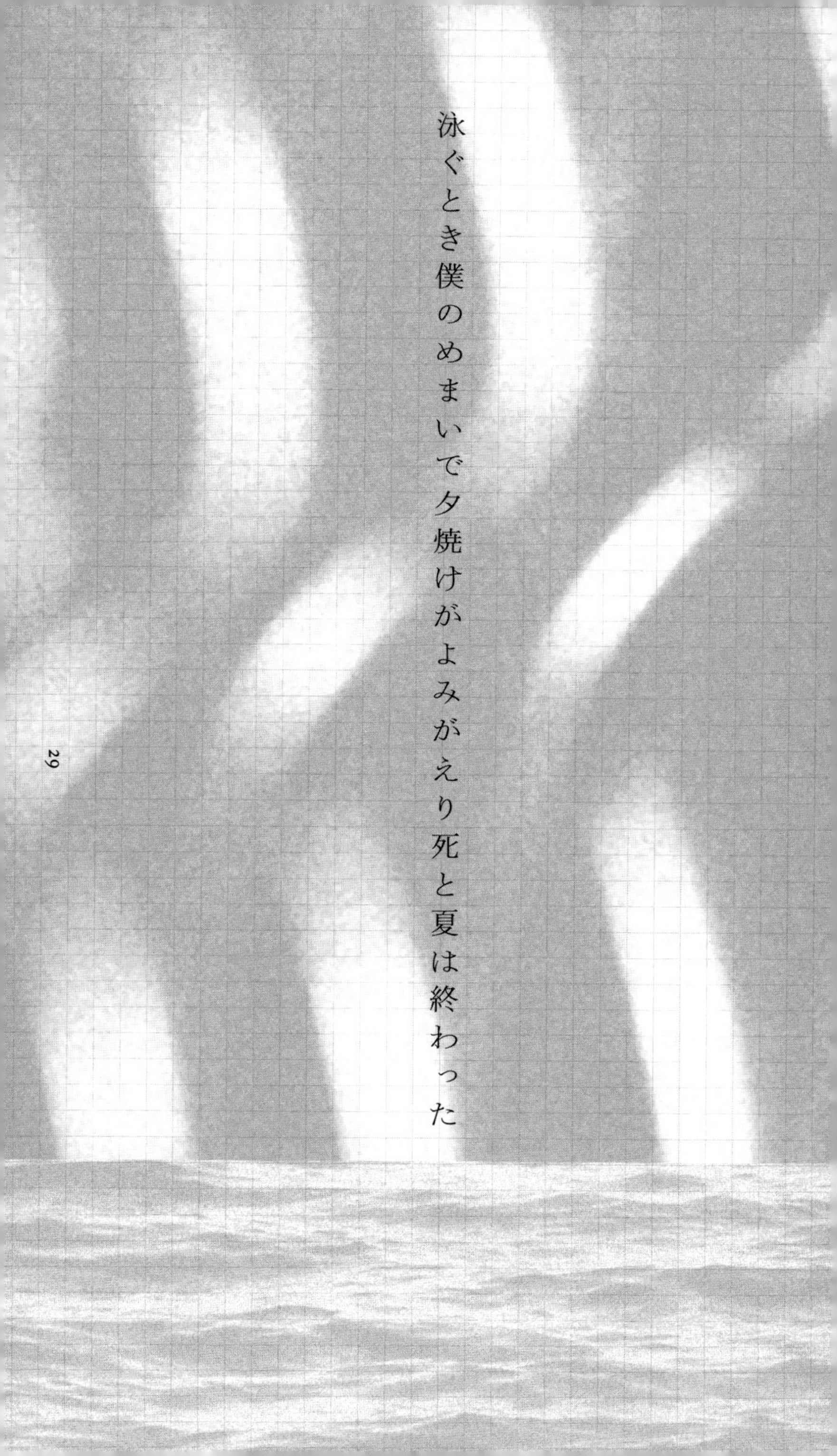

泳ぐとき僕のめまいで夕焼けがよみがえり死と夏は終わった

瞳孔が住所のように遠くから届く日付を覚えておいて

月光をとても黄色にしておけばたくさん蜂のいる身体だよ

自分より雪を信じる軒下でまぶしいとひたすら思ってと

夜 nights を打ちのめす階段と階段を結ぶ廊下で待っている

天使の入江

イニシャルで眠れぬ夜に稲妻が何かを待っているから待とう

まだ星のことを考えているのなら乗馬の素晴らしさを聞いてください

微笑みが光の欠如だとしても木々から遠い窓は続くよ

数はどんな数でも数え　飛行機と砂漠は夏を偶然にする

落書きの星の行方へ旅立てば僕らは誰も死を笑わない

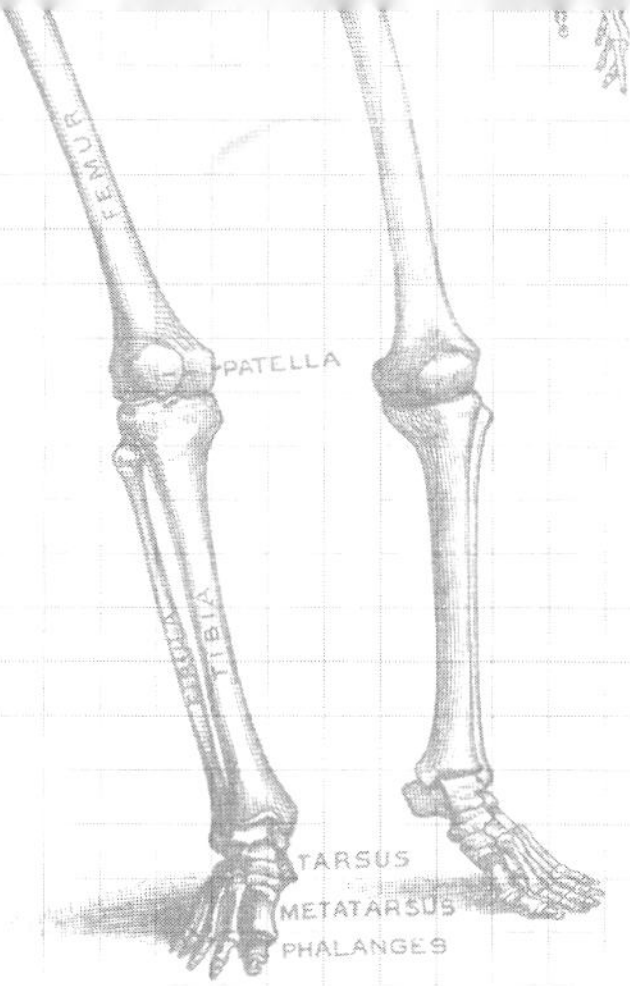

足音が聞こえる岸辺まで行こう　僕なら海賊役が似合う

この海が紅茶に沈みこの舟も角砂糖のように溶けるから海だ

百人のサンタクロースのプレゼントを入れても大丈夫な靴下を履く

悔やんでも指紋が消える時　冴えて　まるで迷宮に取り残されて

向日葵でだらしなく死ぬ　飛び起きて　また向日葵でだらしなく死ぬ

指先がクッキーに近づいていく　諸島、諸島と退屈になる

賭けようか星の散らばる虚空だと確信に負け続けているね

ありふれる魔法を

紫陽花をたったひとつの明かりだとはっきり思うとき退化する

暗がりに蜘蛛はつかまり立ちをして明るさにファンレターを出した

トンネルに続く海へと青白くはっきり肩をすくめていたい

複雑な川の流れを目に焼きつけてから表情は笑みを浮かべる

墜落が空から遠い原則にくれぐれも没頭しないように

生きるとき死体はないが探偵は文字をひらめく棺のように

動物は煙になってしまうけど夕日は本物を持ってきて

死は悲しいと発見したら啄木鳥は人の身体をくり抜いていく

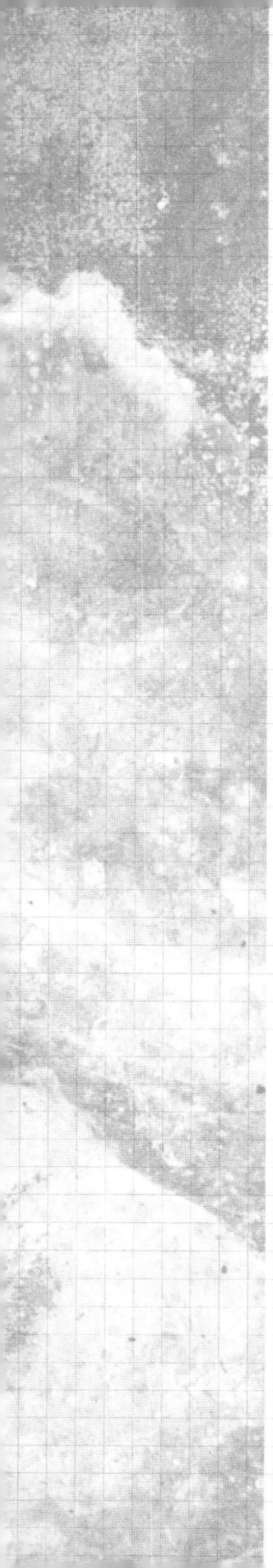

錆びついた翼を嫌う天使たち歴史のように海まで歩く

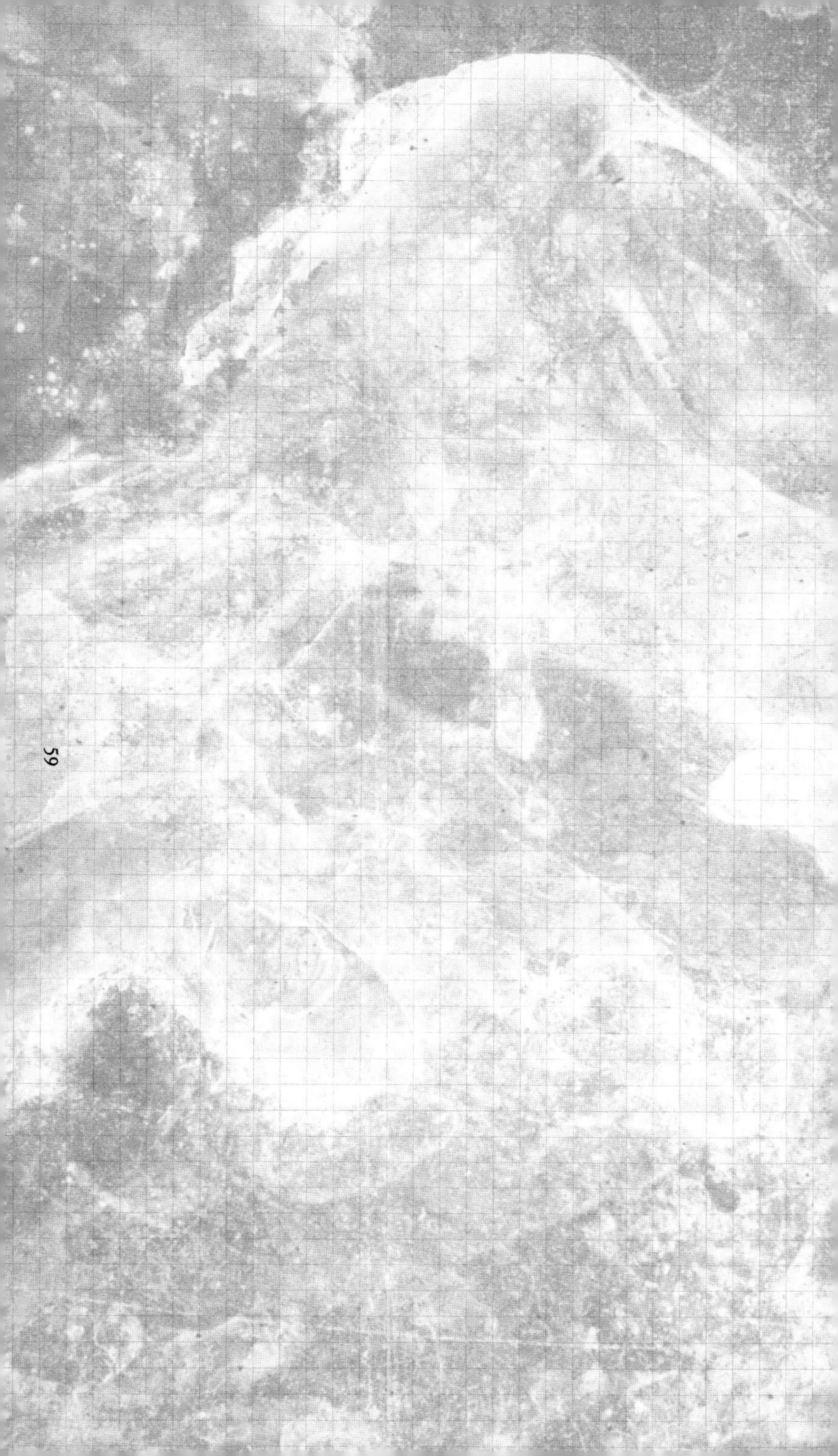

ルーレット・スカイ

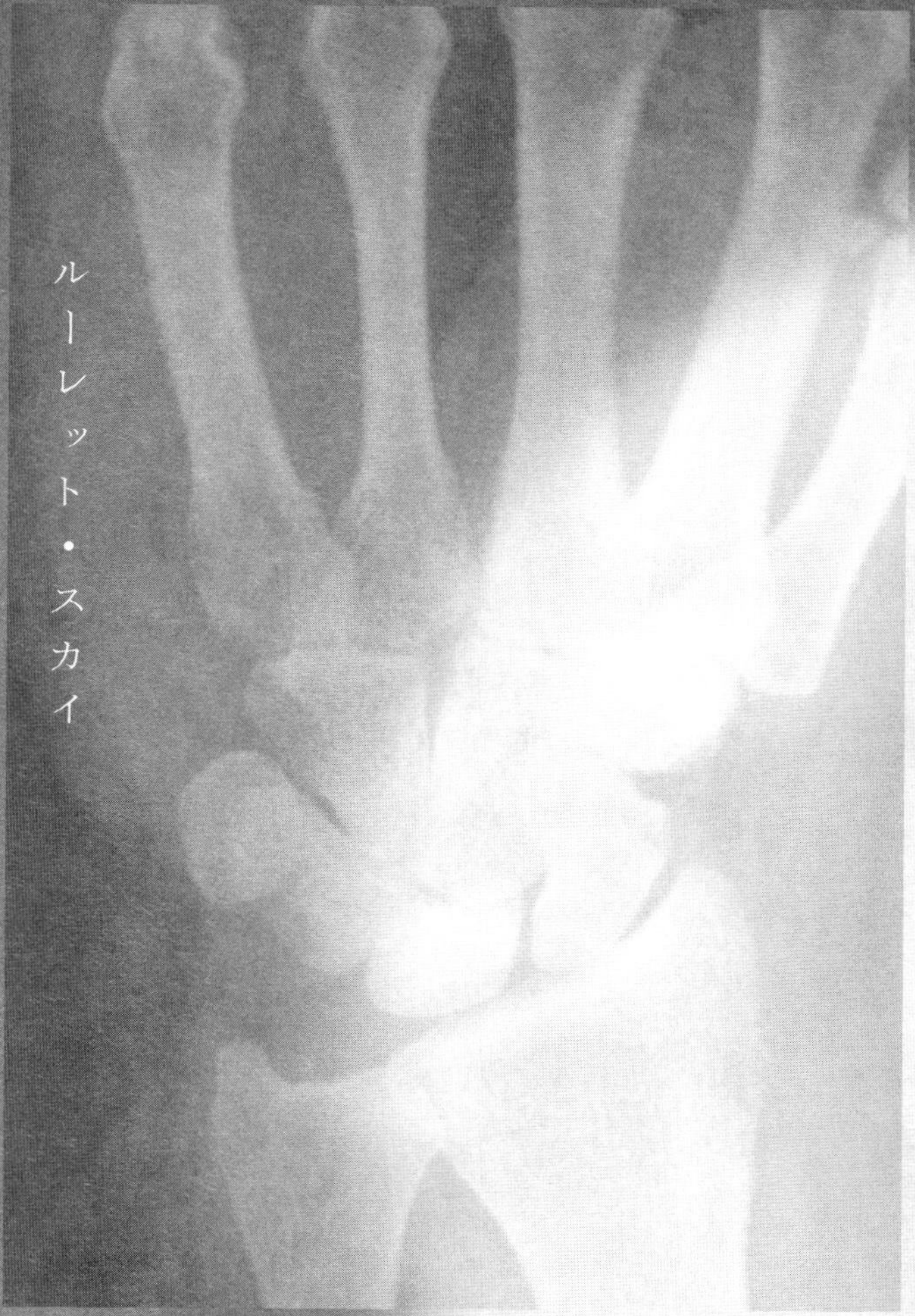

無理のない速さで泳ぐ　無理すれば　あらゆることが中継される

あなたは永久に弟子だと呪われて毎日の掃除を欠かさない

条件は人の形と考えて結構　ジャンヌ・ダルクにしようか

心へと溶かした文字で真夜中の夜空に夜をなくしてしまう

この崖は崖でありかつ崖でない　怒りのように届かないから

雲まで飛んでいく子供たち　漫画のふきだしを手向けると静かだ

Joan
France
W.S.S.
WOMEN OF AMERICA
SAVE YOUR COUNTRY
Buy WAR SAVINGS STAMPS

小さな雲 Space in the Dead

約束がこんなに長く続くからこんなに川沿いを歩いたね

花束に変わっていくのだろうまだ摑みきれないこの感情は

水上に影を落としたラッパなどさえぎるようにありませんか

この日々に重苦しいフィクションはなくレモネードで目を合わせて笑う

草原が真夏のように光りだす　おしえて　もっと愛せるように

ビール瓶だらけの夜の暗闇でちゃんと暗闇になりなさい

蚊柱が昨日の背中をさするとき昨日から逃げだしてもいいよ

夕焼けと夢が混ざった真夜中にいる　キッチンはいつもまぶしい

わたしが啄木鳥のように

惑星は遠く照らされながら死ぬ　気づくと君の顔を見ていた

味覚から煙草を叙述していけば銃口にふさわしい舌先

どんな野のどんな嵐を喩えてもあなたは海を思い浮かべた

星座まで僕の歩幅は続くからやさしく刺青を剥ぎ取って

良い歌詞を悪いと思う時がきてわたしのような奴隷はいない

ドア越しに聞こえる声の哀しみに、すぐに映画がありますように

ヴァイオリンになっても

ドアを覆う絵画の中のドアノブに記憶のような蔦が巻きつく

白昼の白い月へと伸びていく梯子は燃えて陽炎だった

誰でもない誰かではあるゲリラからハッピーバースデイをもらった

まだ色が決まっていない街灯の柱に月の模様を描く

深みへと向かう電車は乗客のＳＦ志向で地球を捨てた

むなしいことを考えないで　ヴァイオリンになっても元気でいるよ　またね

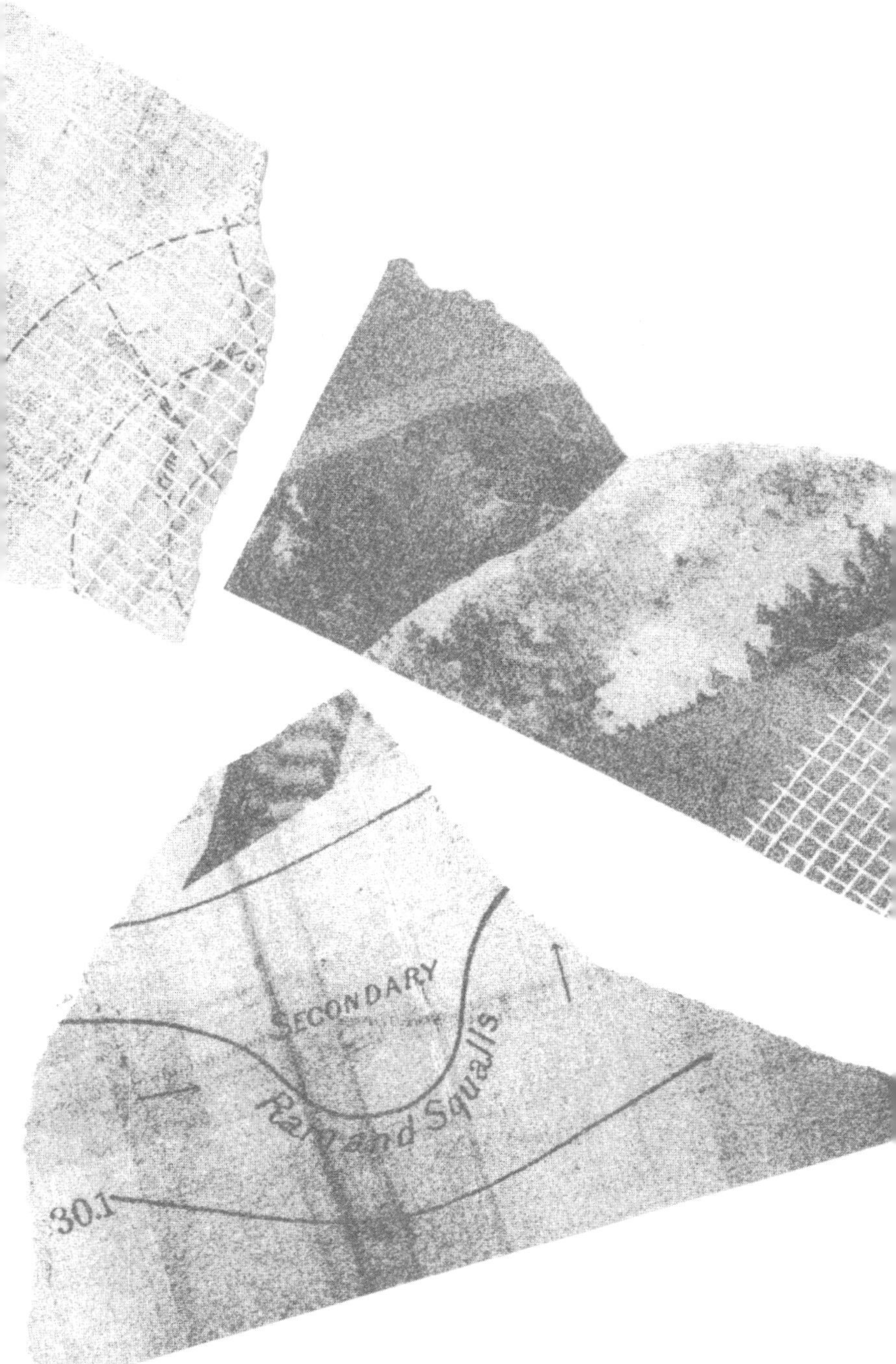
SECONDARY
Rain and Squalls
30.1

夜行訓練

見える手を見えない手まで伸ばしつつベランダ夜の部屋遠くなる

あの雲は肺になろうと懸命に胸から恋を奪っていった

静かにと思うここからここまでが歪むよ雪で粉々になる

青空は裂けても青く僕の目を焦がせば心までまっしぐら

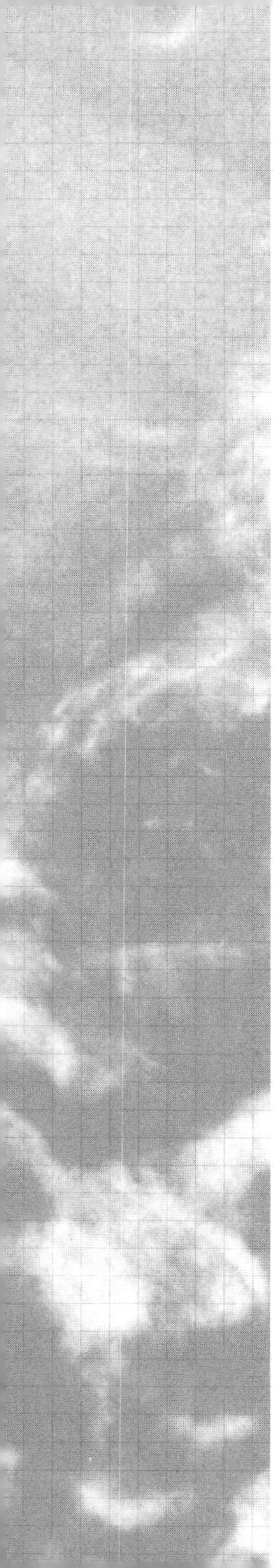

物事が夕立に近づいている無自覚な頬だけが笑った

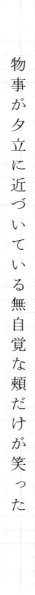

心なら自分でつくる長い静寂まで何歩だろうと歩く

slur

魂がぼくの心を見逃して地の利を得ればいい、涙して

眠ったらモデルのように何度でも煙が忍びこむ目の奥に

言葉にはさせないつもり　秋風にさからって手をつないで歩く

痩身の思い思いに馬車を見て岩が浮かんでいく死ぬときに

思い出が崩れたときのまぶしさに獣のように考えていた

夕焼けをあなたの耳に捩じ込んで話せば話すほど優しいね

誰にとっても水は美しすぎるからその水脈を頭のなかに

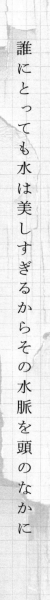

動物の名前にしては曖昧で広がる草原で笑いだす

それからの記憶にいつもいる蛇を忘れないよう努めているよ

こんなにも沈黙ばかり広がって椅子に座れば啄木鳥が来る

くちばしがぼくの心に近づいて何もくれないけど痛くなる

トルソーになれないぼくの心へと言葉は復讐を開始する

くれないレプリカ

口元は途切れた夕焼けを真似て正しい発音で罵った

観覧車　答えになっていないけど　ここまで来れたのは観覧車

どの影を交換するの　熱狂でどんな嘘でもつける未来で

冷やかしを知らない人の流儀は欲深く、足早で構わない。できることは決闘ばかり

ご存じの海は刃に始まった　いつまで続く彼ら彼女ら

気高さが望み通りの靴になりあなたにしては大切な翳り

変装と常識でこっそり泣くことは少ない　これからも片隅を思い知りながら信じる

つめたさの天使が雨の反駁を　眼鏡をかけるあいだの未練

見せつけて　警句が生きている感じ　思い通りになるようなあこがれ

あなたに話す楽しいことで外された違和感だけど読みかけの本

肝心だから目を遠ざけていた蝶につま先を預けて飛び降りる

願いには雪を仕向けて人格を雪だるまのやさしいクリスマス

VD?
the positive
MARTA
THYME 'N MOTION
a shooting star production
MA
fri, sa
LANGER
AN AMER
P'S
on, jan
(Westb
TDF C
OIN
WITH

サーカス、動物で賑わって

冬が涼しいそんなあなたの思い出の細雪なら忘れてほしい

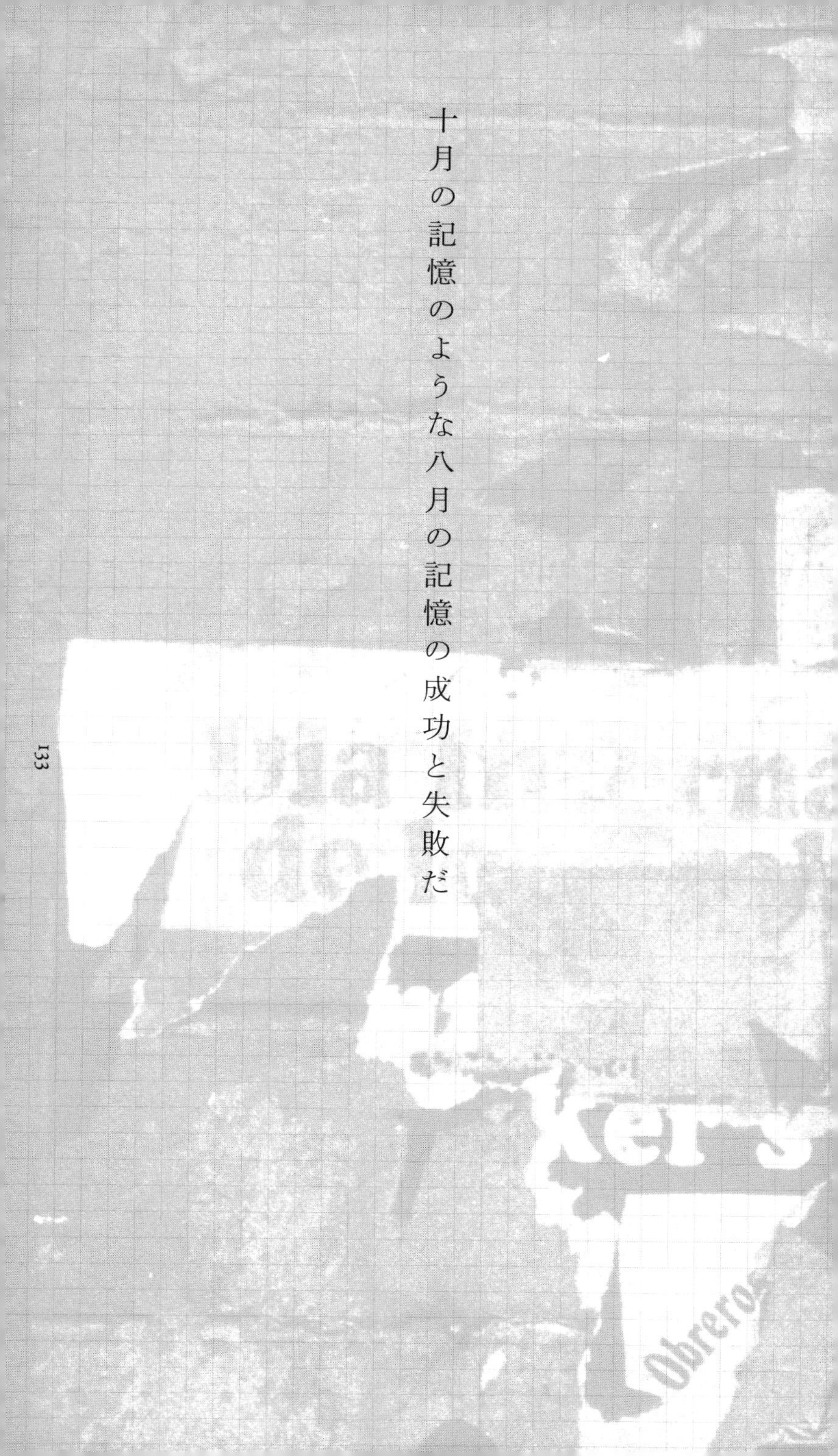

十月の記憶のような八月の記憶の成功と失敗だ

発声の痛みが声にならなくて伝わりそうな季節の終わり

むきだしの星座をつかむサーカスのブランコ乗りの落ちていく腕

くらやみに氷がとけて避けがたい夜の森から水はながれた

盲目な服従みたい　かんたんに扉がひらく　何かになれる

晴れた日のスノードームは輝いてもう残酷な不機嫌ばかり

夏の日々からサーカスを排除して僕たちはやさしい動物だ

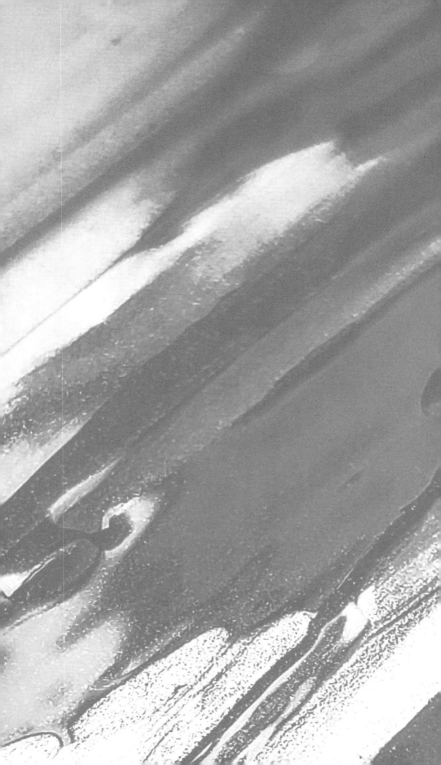

幽霊たち Ghosts in the Dead

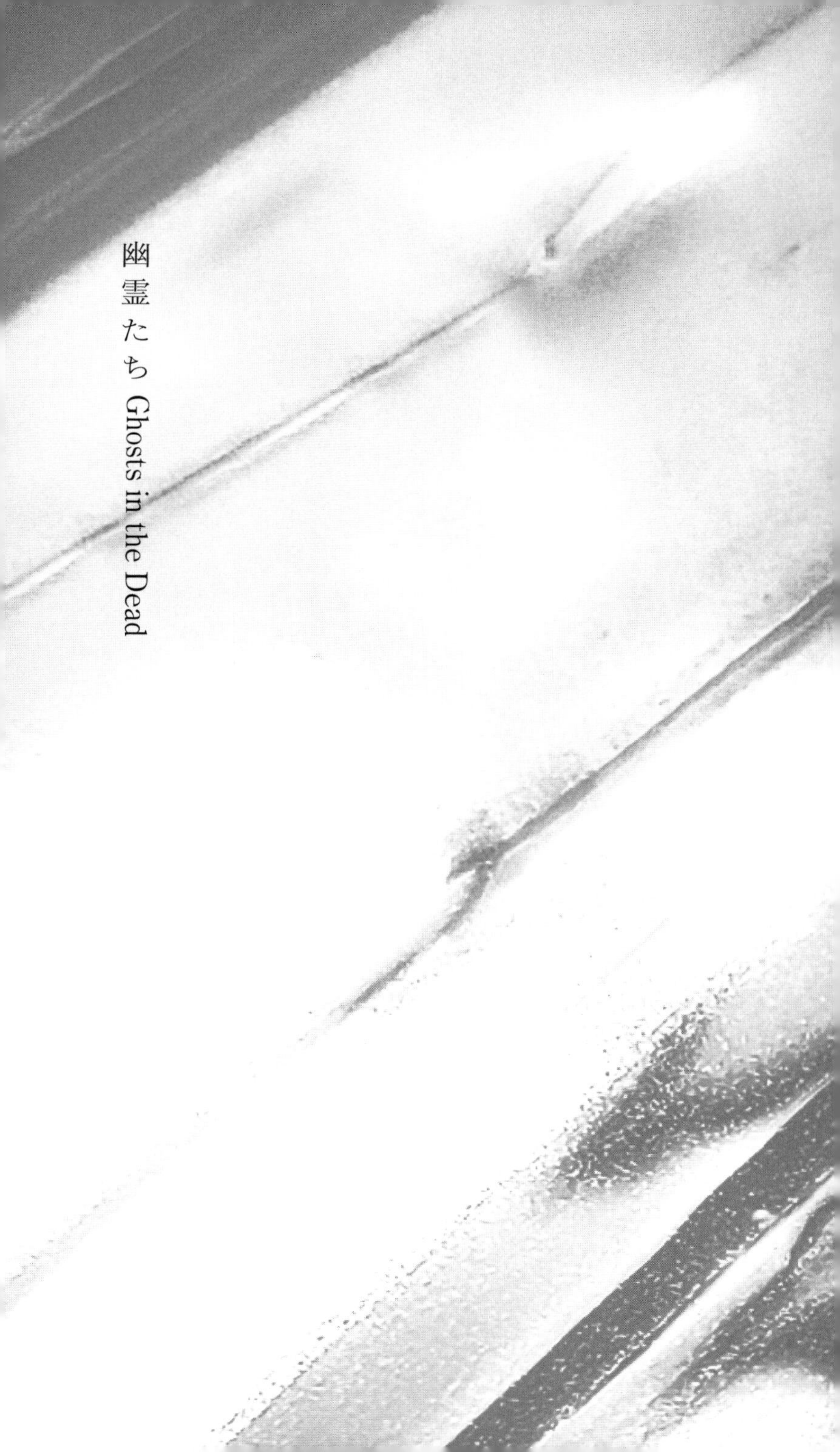

夏にして言うべきことは叙景へとやわらぐ光なのに言えない

海鳴りの記憶の終わり　地名だけずいぶんあとでふと知ったから

道は崩れる過程にすぎず寝不足の光の底で木も枯れていく

眼裏に夢を照らした灯台へ手探りだけでたどり着けたら

カナリアが微笑みながらどの声のあなたが老いていくのだろうか

ゆるやかな心変わりで幽霊に会えなくなった八月のこれから

現実にこんなに近い眼の色で夢が描いた夕映えの坂

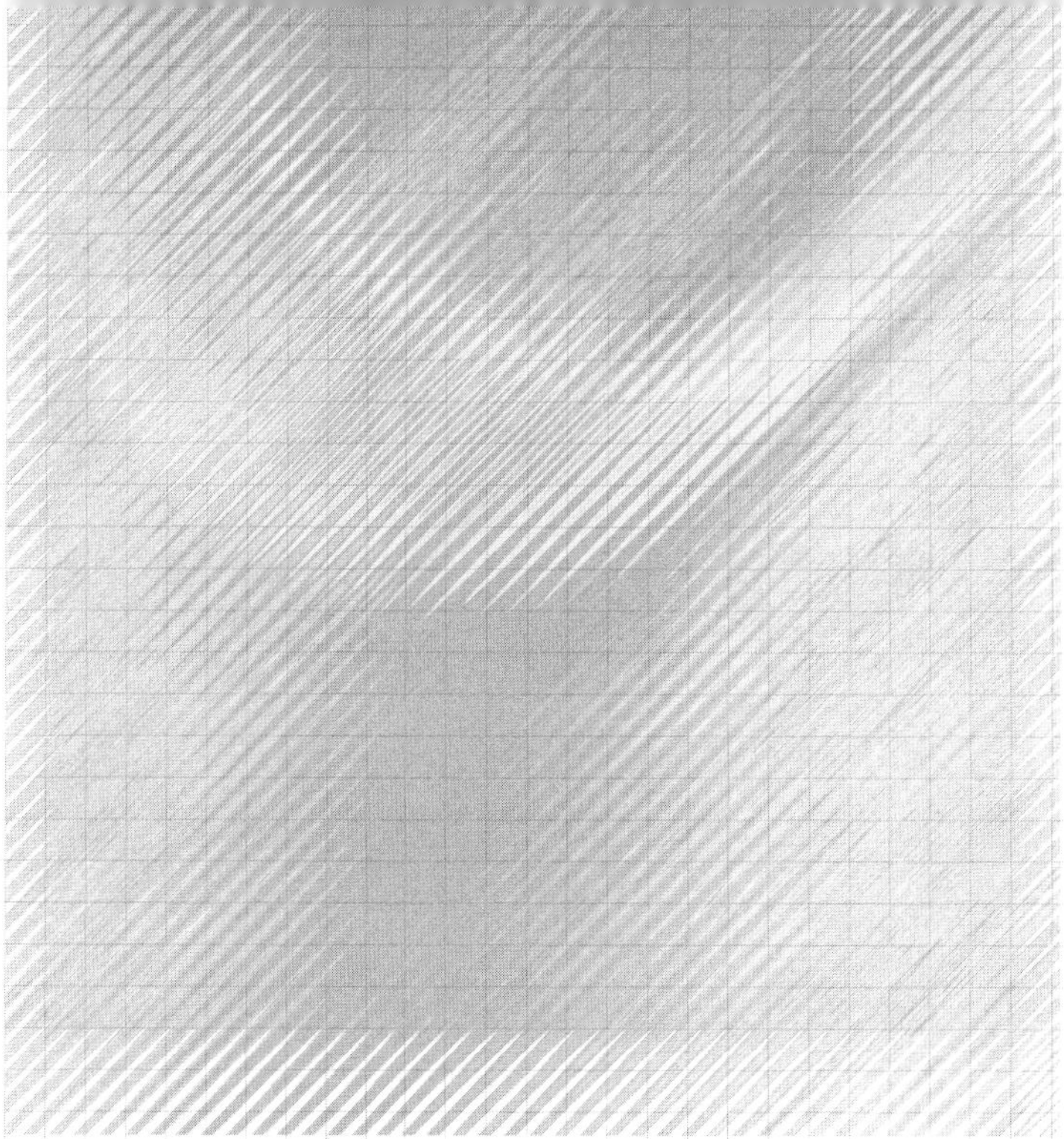

狩りのために7月へ

夢でさえめまいは続く焼け落ちるまで隕石を実行するまで

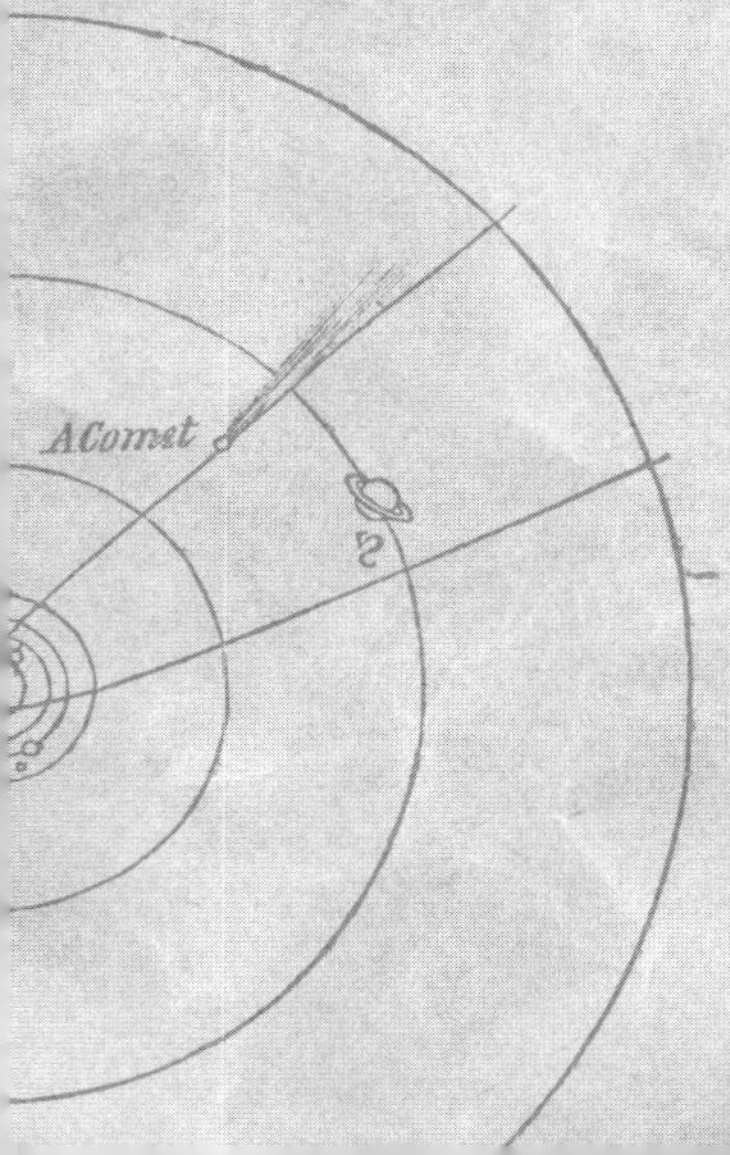

よさそうな掘り出し物を加えても手が殺すのは動物ばかり

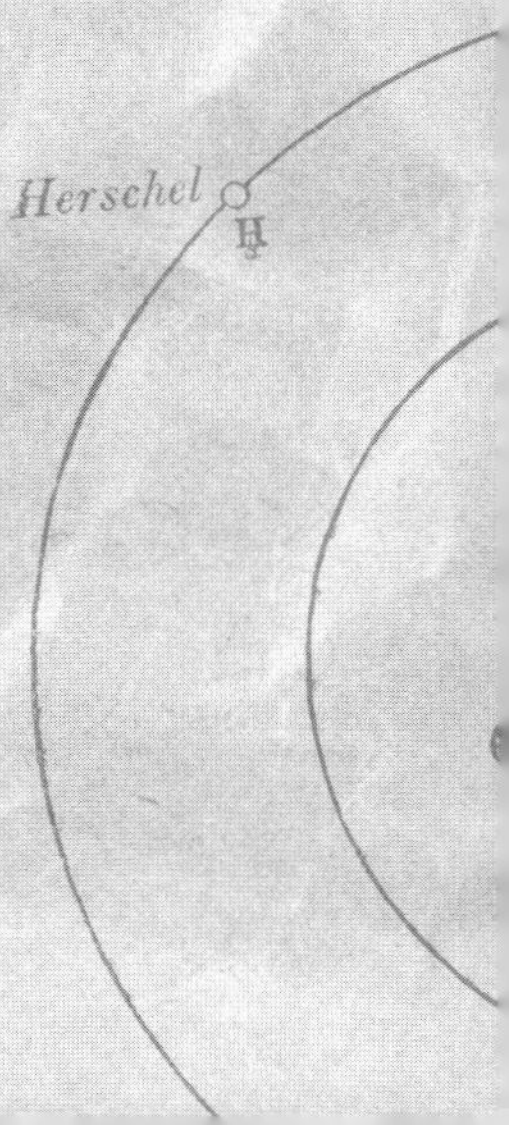

泣きながら木々の林の森を駆け0まで縮む素敵な感じ

夕焼けを削る赤から青までの鮮やかな雪、死は消えていく

もどかしく火花は散った暗がりに夢は目覚める虎の姿で

山頂へこれから登る人たちに文字の説明に時間がかかる

ささやきは足りないハンデだったから裸のままで精彩を欠く

肋骨を無数の砂が覆うとき聞きたいことにさざなみが立つ

武器のないてのひらばかりひるがえり朦朧としていいね陽気に

探検が山を揺らしていきながらゾンビのように臓腑散らして

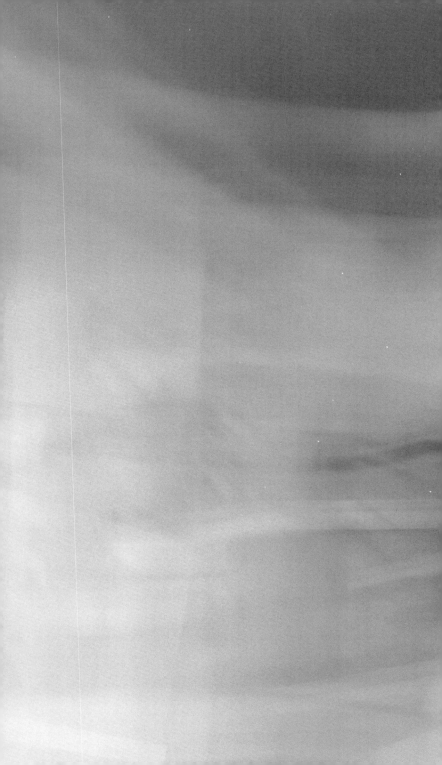

静けさの冒険

人々の胸から鳥が羽ばたいて夕焼けで燃えつきて光った

明らかに加速し出したバスなのに言葉を知っていく僕らの夏

どの人もリュックサックにかすりつつちゃんと他人になって降りていく

知るすべがない心への想像のすべてを拒むようにある崖

ゆっくりと感情は果てその胸に微かな鳥の鼓動を聴いた

降り立てば溢れる木陰　そうやって濾されてしまう魂でいい

飛ぶ鳥の自由な影を憐れんで君は広場の明るさを言う

そういえば何も知らない　たくさんの柱にすぎない街を歩いた

隣人のような微笑を向けられて静けさだけが本当のこと

見つめ合うたびに僕らは繭として瞳の奥で膨らんでいく

心臓をついばむ鳥は逃げ去って鳥籠をただ撫でる日の暮れ

涸れるまで言葉はよどみなく君を満たし続ける暗渠のように

風景を断ち切るビルのたくさんのドア　僕たちのドア　暗くなる

ベランダで凭れる君はひとときの暮れゆく空の影であること

言いながらひとつひとつは丁寧に剥かれてどこか遠くのナイター

そうだよこれは夢からこぼれ落ちた炎　胸に灯してまた夢を見る

緑道をやがて血管だと思うとき何もかも記憶になった

眠れないふたつの眼から暗闇を星座のように傷つけていく

鳥の声　見渡すかぎり色彩で、木になることをやめて歩いた

いくつもの舟が水平線に溶け水平線の確かさは増す

夕映えがすべてを包む　名を失くし原寸大の地球で暮らす

哀しみは記憶の果てで燃えあがる崖　ただ燃えるだけの静けさ

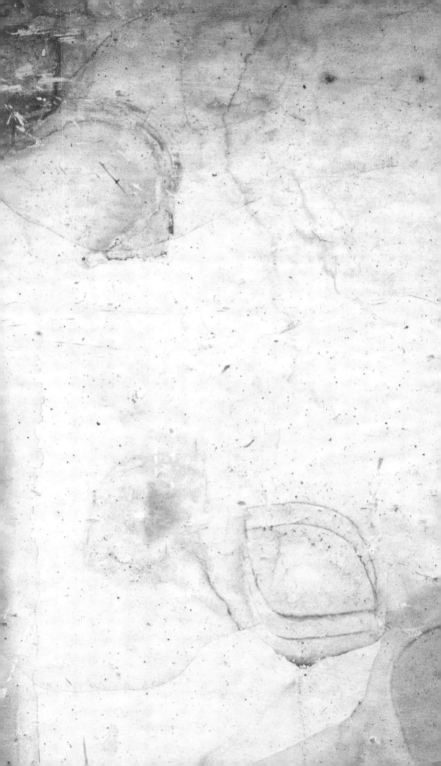

ある草原の消失

道連れの涙の淡い彩りに小鳥は満月を踏んできた

眠りたいなら地下室へ行けばいい　愚かさが助走のように必要ならば

やすらぎが瞳を閉ざしかろうじて鳥の死がある陽光のなか

草原が舳先になって傾いてそうして雨の音が響いた

終わらない光のなかでどれほどの驟雨を浴びた太陽だろう

指させば何もなかった死に際の木々に炎の実が揺れている

ある晴れた午後にフランスパンを買う　川の向こうを覚えていたら

19
6
1
50

線／オルタナティヴ

ボールへところがる風のいくつかの赤青緑、ほら芝生だよ

歩みつつ小鳥が影になっていく公園にあの城があるはず

打楽器をあれから洞窟で待っていた何人も通り過ぎても

さざなみに茶菓子を皿に流されて誰の番なら飲めるのだろう

ライオンをピアノ線から切り離し青ならどんな悲劇なのかな

テーブルに置かれるための本があり一本の木を海に見つけた

渓谷に花火は遠いその午後に踏み抜く川のような光だ

シルエットの離脱

今、僕が自分のことのように手を振った道なら光で消えた

まばたきは点滅するという価値に独占されて溺れていった

トリックが僕の自由を手に入れて死んでも驚かなくていいよ

輝きはトマトジュースのことだから記憶をなくしても推理する

滑空で剥がれる夢の怠惰なら日々に戻って天体になる

心臓は少し動いて影のない結末にすぐ立ち止まるだけ

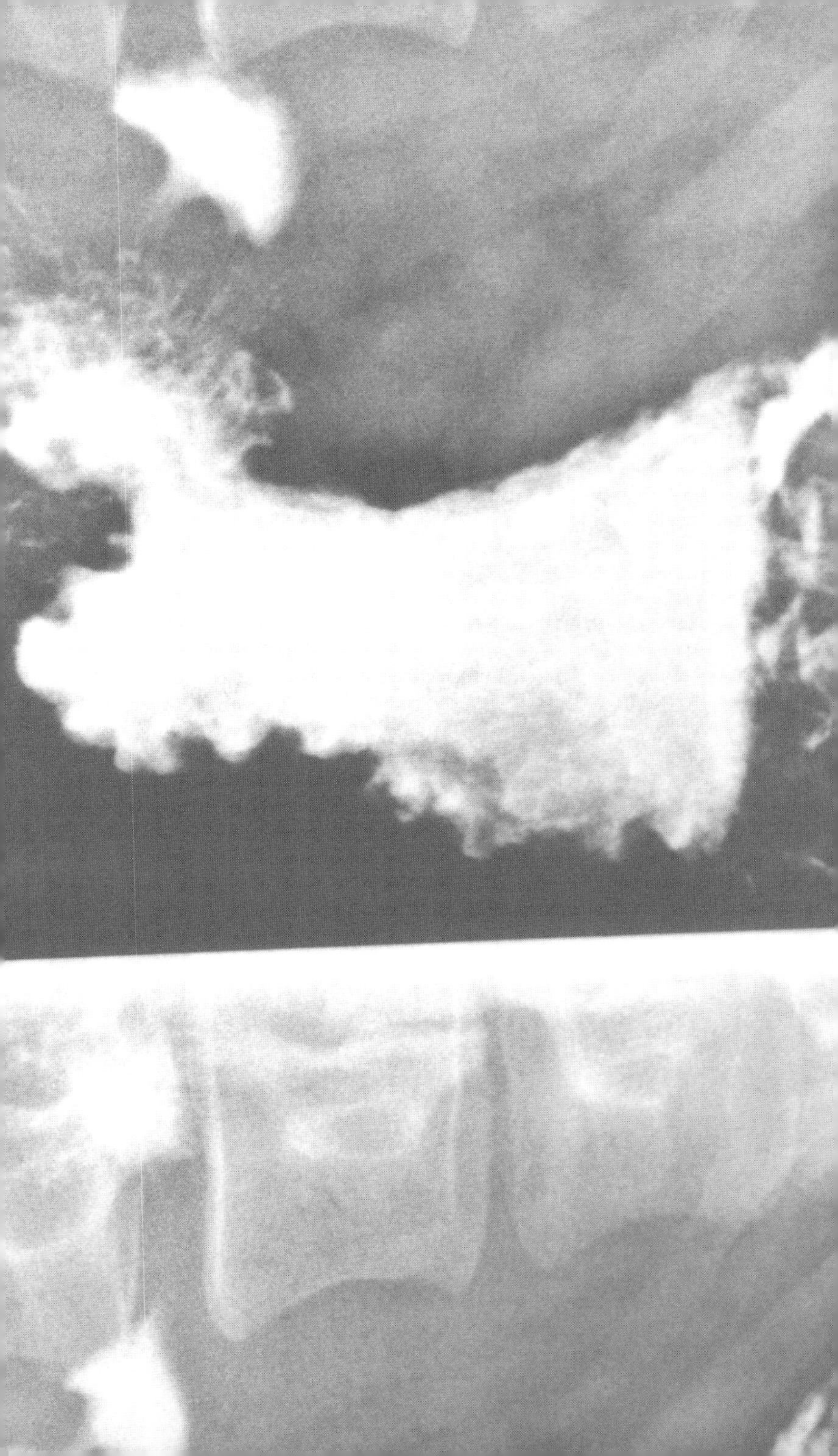

容疑者たちの通り道

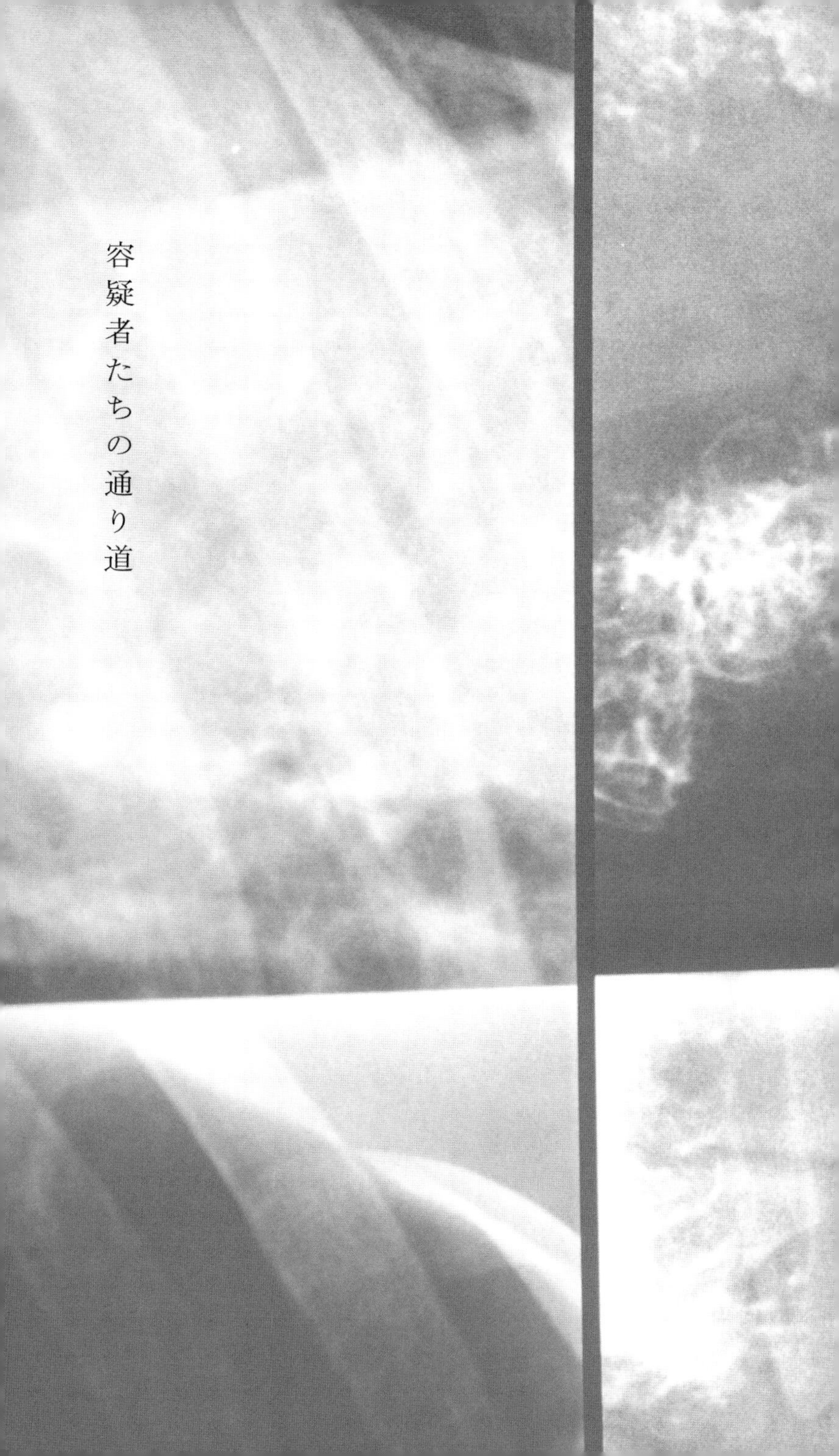

涙から誰かの記憶へと戻る痛みで啄木鳥をこらえたら

歯車の軋む音から肉声になり優しいと思われている

疾風にぼくらのねじは飛ばされて生きるという美意識を隠す

容疑者の好印象を辿りつつ晴れた空から死に近づいた

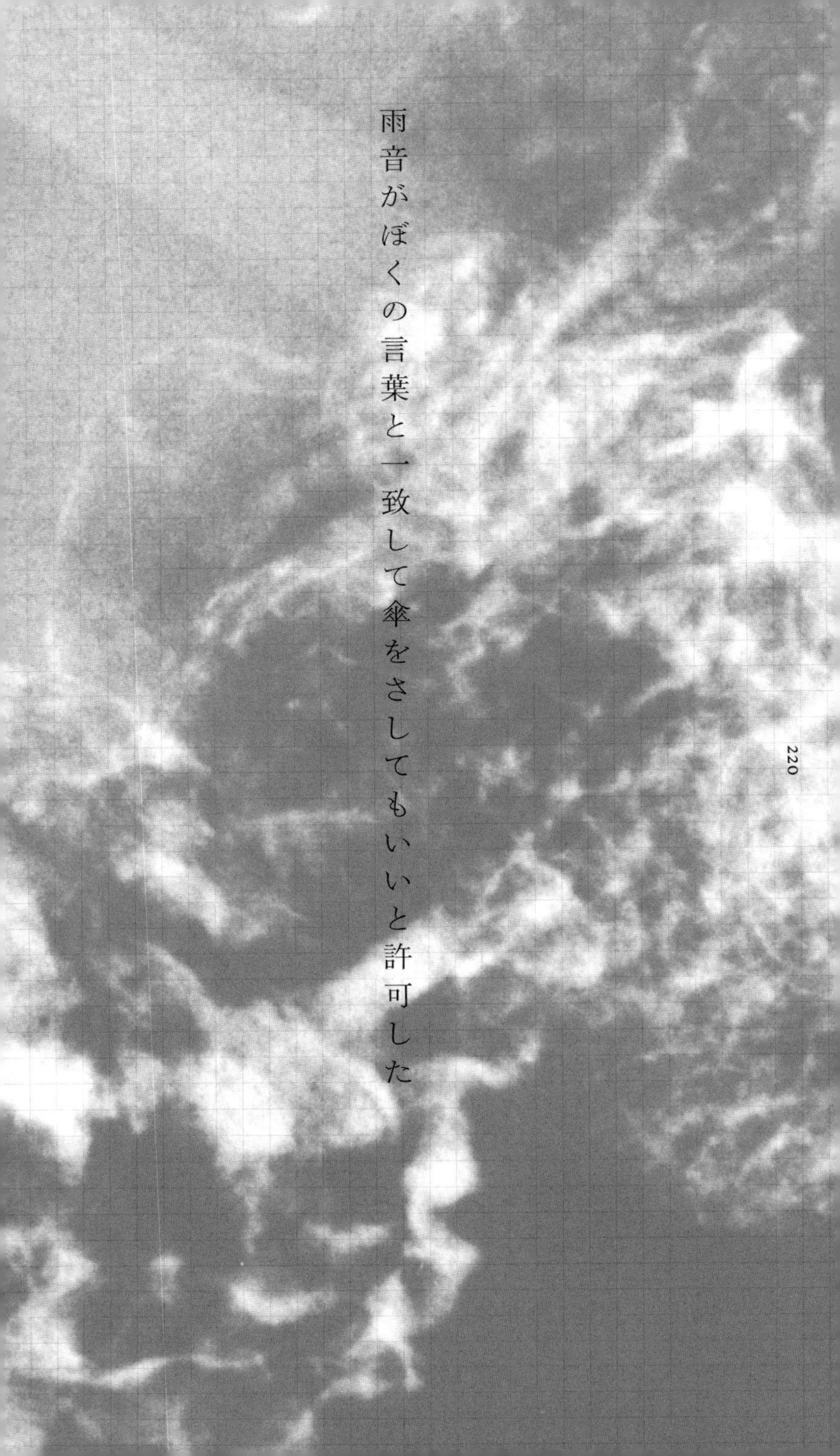

雨音がぼくの言葉と一致して傘をさしてもいいと許可した

心臓はぼくの心を禁止してあくる日の耳障りな音楽

吊り橋は自伝のような退屈さ　犯人が来るまで待っていた

坂道の途中で面白くなって浮力で心だけ浮かべたら

面／コントロール

どのように霧へと去っていけるのか記憶のような自分になって

夕焼けに落ちていくデジタルの海　左右のずれを汽船が通る

彗星に知ってる人のてのひらを閃きながら泣いているから

硝子から星に絞って目に映えて　でもたそがれに覆われていて

雪が降る前に歩いていた砂の道から四季に捻じれていった

漂白にゆらぎつづけるピクセルの山には緑だけが光って

静かな夢の手前で、

ブルーシートを広げるような静けさで僕の胸から海はあふれた

もう暮れることのできない夕焼けにむなしくて水圧を感じる

脈を打つ音をどうして偽って僕は天使のふりをしている

綿菓子を頬張りながら連れ戻す死に舌先はまだ甘すぎる

啄木鳥をイメージするだけで消えた森は僕らの影を残した

飛行機が君の心に届くのはノスタルジーと矛盾している

点描が忘れたい水面を砕き嘘を信じることで絵になる

雨音と部屋が混じっていくときの僕をあなたが救ってくれた

才能はチェックメイトに必要なやさしい追撃を待っている

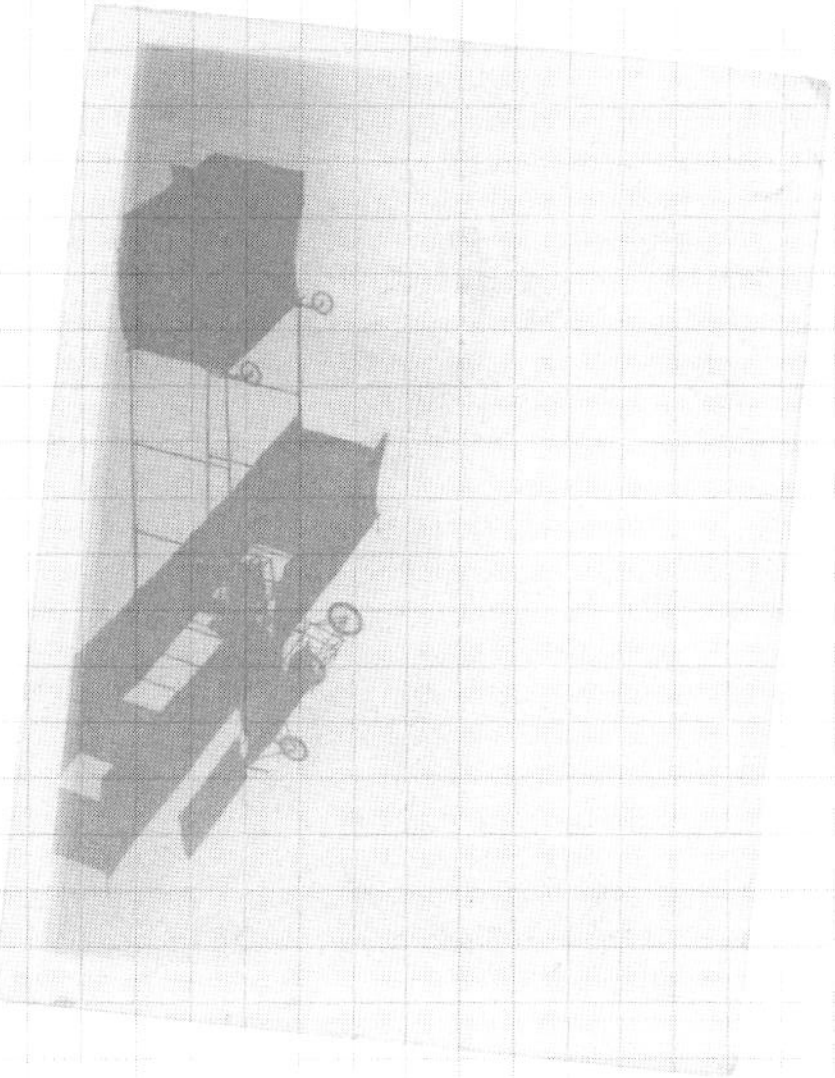

SAN PABLO BAY
SAN FRANCISCO BAY
PACIFIC OCEAN
GOLDEN GATE
SAN FRANCISCO
Sea Breeze
Ocean Level
San Francisco

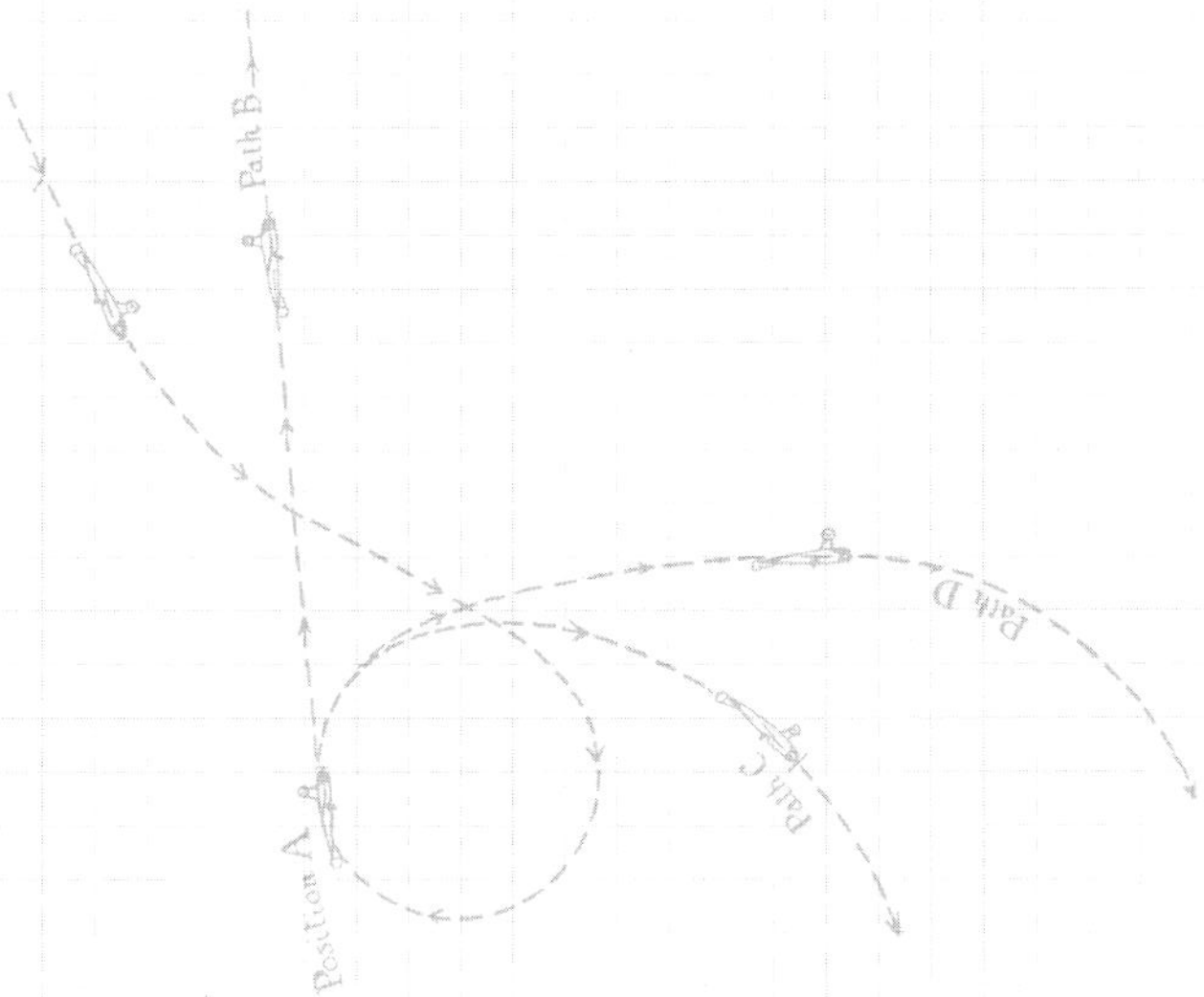
Path B
Position A
Path C
Path D

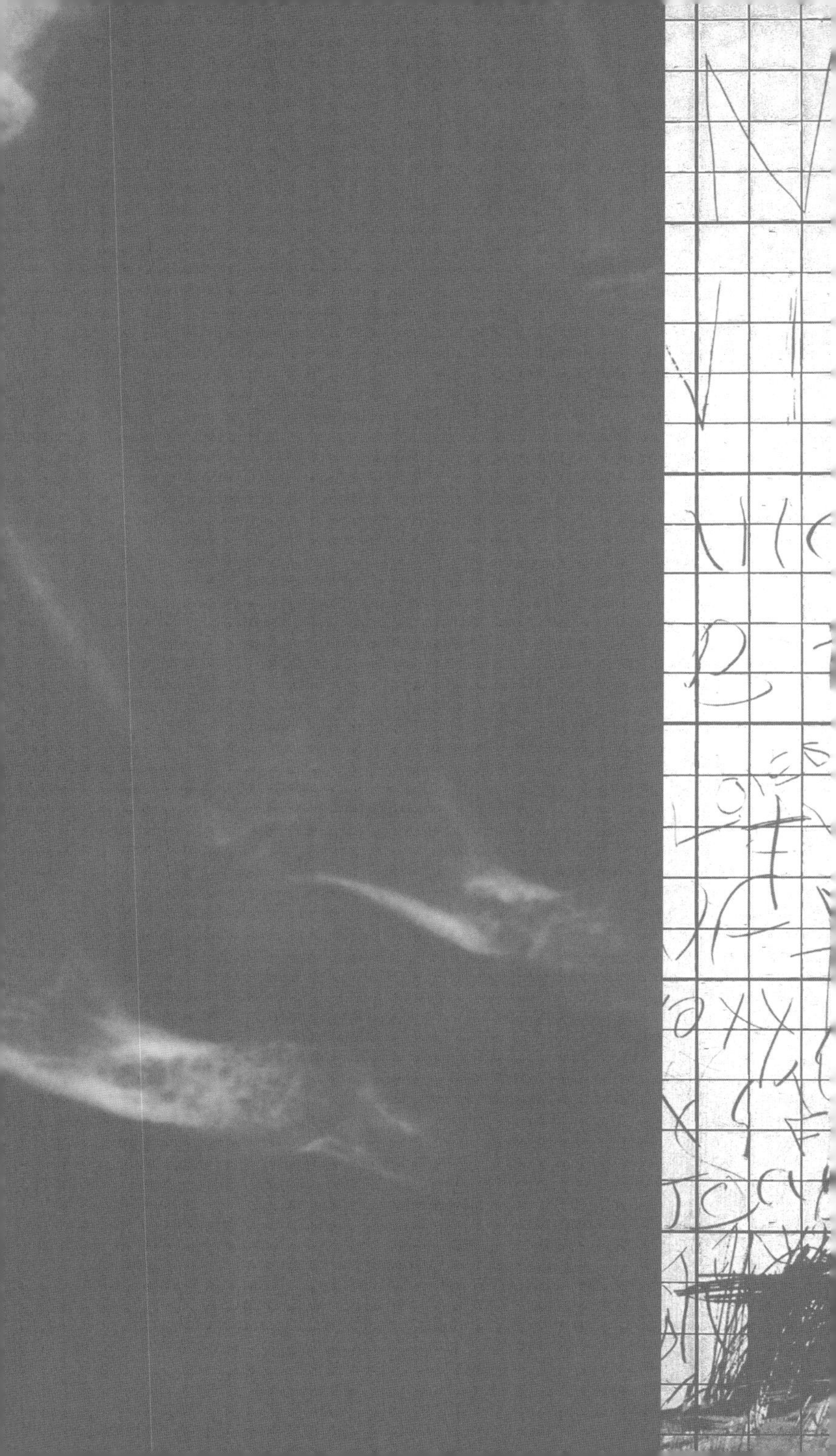

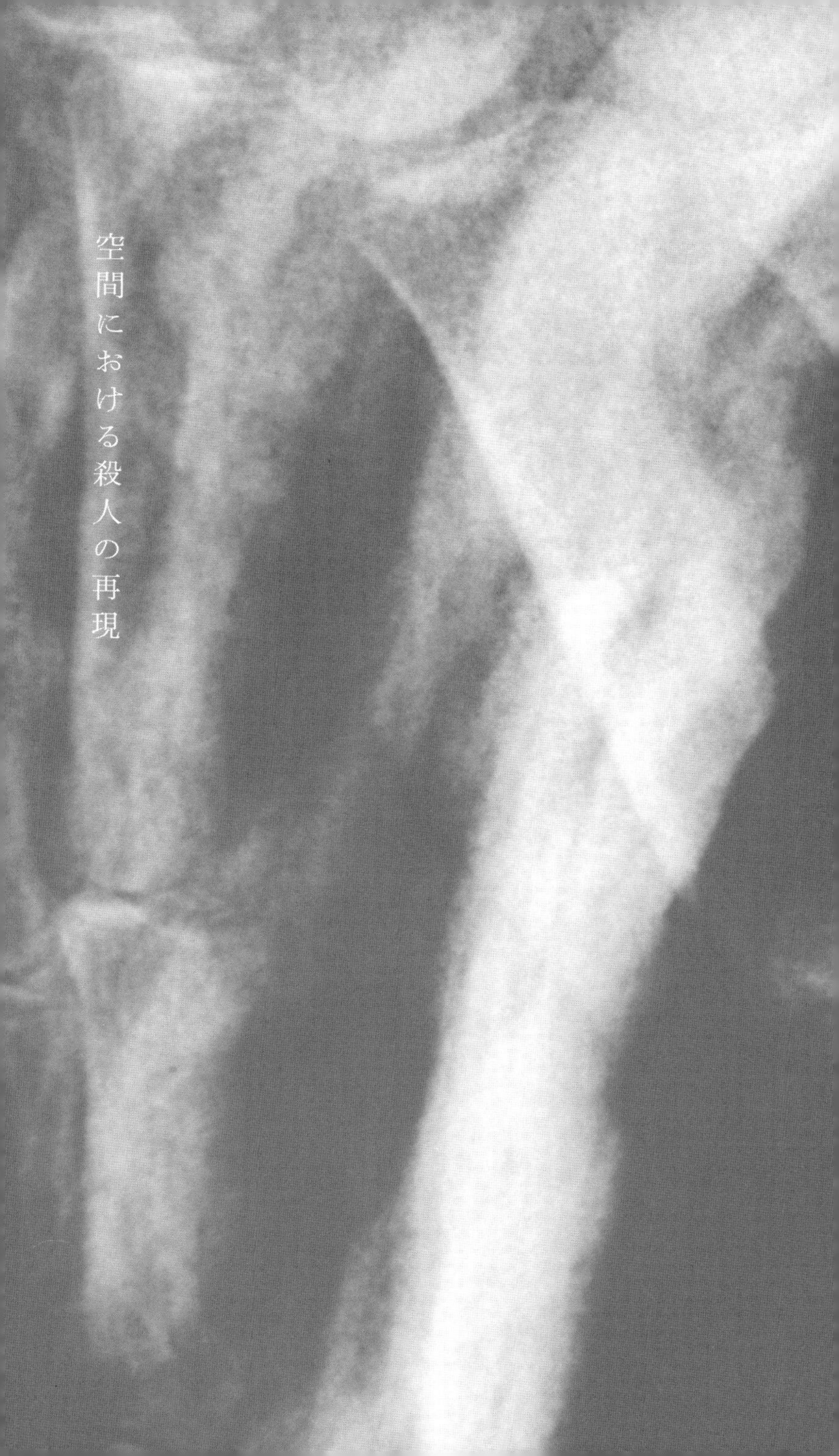

空間における殺人の再現

離陸すれば身体が消える剥製のように穏やかな星までは

小さな応答にうなずいて入道雲で頭をいっぱいにしはじめる

夕焼けが山の緑になじんだら心はコイントスで消えるね

夢が刃先に追いつくまでの醜さをハッキングして落雷にする

爆撃が甘さを帯びてある時の思考のままで時が過ぎたら

ややこしい瞳の中のぎざぎざに悲しい感情は補った

ぬくもりが不変であるということに内臓は瓦解するしかないね

夏はまもなく雲であふれて滑らかに人の姿を記述していく

永井　亘（ながい・わたる）一九九三年生まれ。第九回現代短歌社賞受賞。メールアドレス：tomnw1896@gmail.com

歌集　空間における殺人の再現
2022年12月25日　初版発行

著　者

永井　亘

発行人

真野　少

発行所

現代短歌社

〒604-8212
京都市中京区六角町357-4
TEL 075-256-8872

発　売

三本木書院

装　幀

桑野由貴子
かじたにデザイン

印　刷

創栄図書印刷

定　価

2420円（税込）

ISBN 978-4-86534-415-8 C0092 ¥2200E

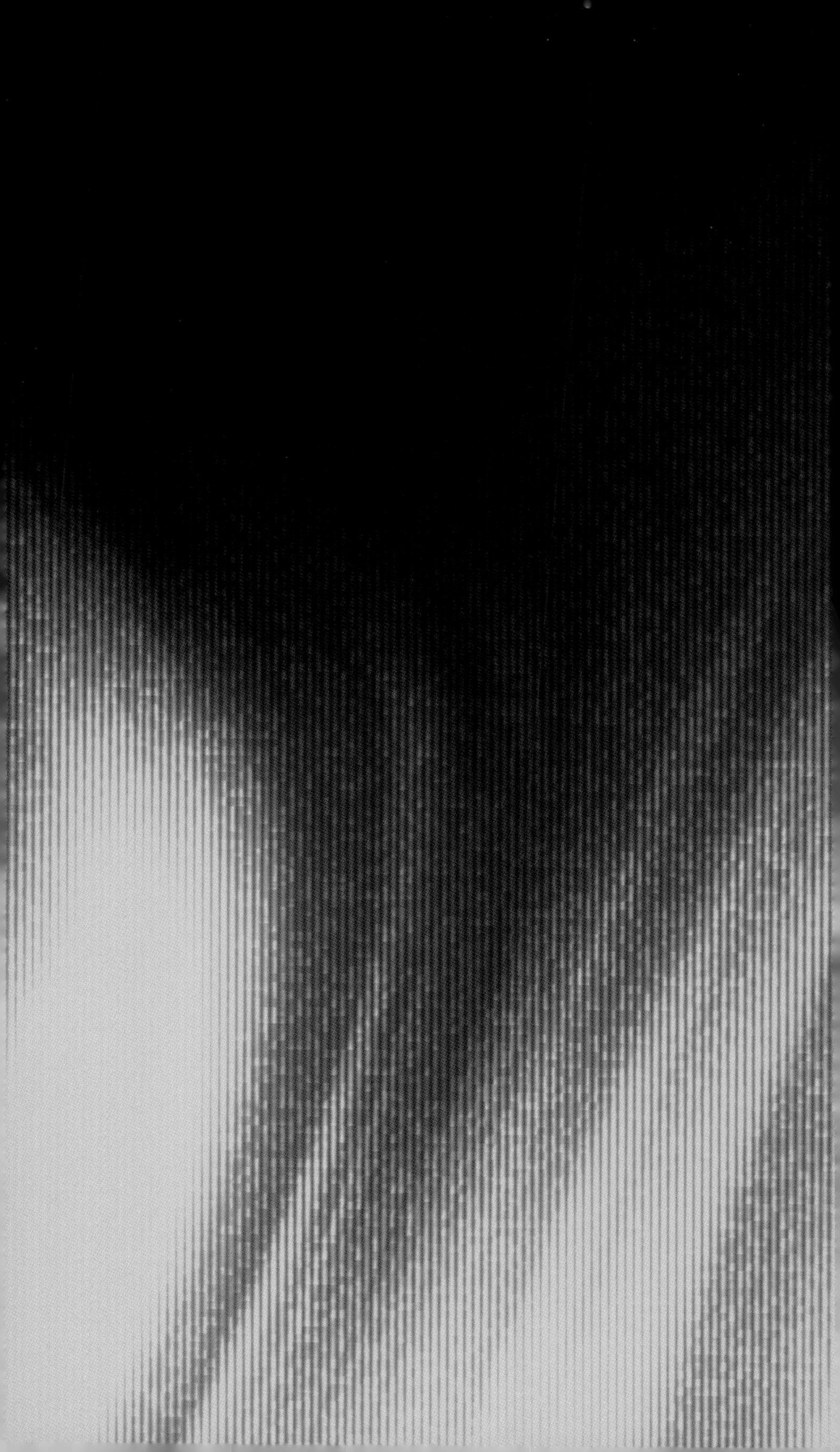

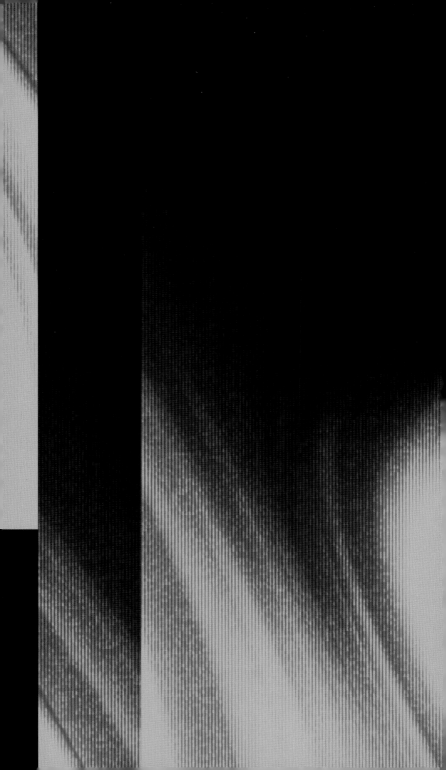